传统经典

中华传统经典诵读文本

「中华传统经典诵读等级考试」指定用书

宋词选

罗安宪 主编

人民出版社

前　言

　　传统，是从历史上流传下来的、在历史上产生过重要影响、现今仍然存在并发生影响的文化信念、文化观念、心理态度及行为方式。经典是经过长期历史选择，而对本民族的文化传统产生重大影响，并最大限度地承载着本民族传统的文化典籍。经典之"经"有经久、恒常、根本的含义；经典之"典"有典章、典范、典雅的含义。传统经典既是在历史上长期流传、经久不衰的经典，又是承载、亘续传统的经典，是最有代表性、最为完美、最为精粹的经典。传统的直接载体是经典，经典保存了最优秀的中华传统文化。弘扬中华传统文化，最为简捷的途径是熟读经典。

　　中华文化源远流长，博大精深，中华民族在漫长的发展历程中，创造了无数璀璨的文化经典。经典之为经典，不是因为它是历史上产生的、是在历史上发生重要影响的文化典籍，而是因为它在历史的长河中一直持续发生影响，是因为它持续不断地影响着历史的发展，是因为它持续不断地塑造着民族精神，是因为它才是民族灵魂中永不磨灭的因子，是因为它才是传统得以传承最为重要的载体。

我们提倡诵读经典。诵读经典，是要大声地"读"，而不是无声地"看"。古人强调读书，不是看书。在读书过程中，眼睛、嘴巴、耳朵、心灵，全部投入其中，是全身心地投入，是与古代先贤精神上的沟通与交流。在读书中，与经典为伴，与圣贤为伴，仔细体会字里行间的深刻意涵。读经典不是简单地读一遍、两遍，而是要反复地读、大声地读。诵读经典，不仅可以增长智慧，开拓视野，还可以涵养气质，陶冶情操。特别是在身体与思想的养成阶段，通过诵读经典、熟悉经典，对于人格的养成，具有重要的、无可限量的意义。

为推动中华传统经典诵读活动的进一步发展，由中国人民大学孔子研究院发起，在全球范围内开展"中华传统经典诵读活动"。为配合此项活动，我们编选了"中华传统经典诵读文本"。

"中华传统经典诵读文本"，共13册，分别是：《周易》、《论语》、《老子》、《大学　中庸》、《孟子选》、《庄子选》、《春秋左传选》、《诗经选》、《汉代文选》、《唐代文选》、《宋代文选》、《唐诗选》、《宋词选》。所选文本为中国传统经典中最为重要、最有影响、最为优美的篇章。

文本的主要功能是诵读，故对文字不作解释，只对生僻字和易混字作注音。

罗安宪

2023 年 3 月

目录

渔家傲　　◎范仲淹

塞下秋来风景异，衡阳雁去无留意。四面边声连角起，千嶂（zhàng）里，长烟落日孤城闭。

浊酒一杯家万里，燕（yān）然未勒（lè）归无计。羌（qiāng）管悠悠霜满地，人不寐，将军白发征夫泪。

苏 幕 遮　　◎范仲淹

　　碧云天，黄叶地，秋色连波，波上寒烟翠。山映斜阳天接水，芳草无情，更在斜阳外。

　　黯乡魂，追旅思（sì），夜夜除非，好梦留人睡。明月楼高休独倚，酒入愁肠，化作相思泪。

一丛花　　◎张先

伤高怀远几时穷？无物似情浓。离愁正引千丝乱，更东陌、飞絮蒙蒙。嘶骑（jì）渐遥，征尘不断，何处认郎踪！

双鸳池沼水溶溶，南北小桡（ráo）通。梯横画阁黄昏后，又还是、斜月帘栊（lóng）。沉恨细思，不如桃杏，犹解嫁东风。

天 仙 子　　◎张先

　　水调数声持酒听，午醉醒来愁未醒。送春春去几时回？临晚镜，伤流景，往事后期空记省（xǐng）。

　　沙上并禽池上暝，云破月来花弄影。重重帘幕密遮灯，风不定，人初静，明日落红应满径。

破阵子

春景　　　◎晏殊

燕子来时新社，梨花落后清明。池上碧苔三四点，叶底黄鹂一两声，日长（cháng）飞絮轻。

巧笑东邻女伴，采桑径里逢迎。疑怪昨宵春梦好，元是今朝斗草赢，笑从双脸生。

浣溪沙 ◎晏殊

一曲新词酒一杯，去年天气旧亭台。夕阳西下几时回？

无可奈何花落去，似曾相识燕归来。小园香径独徘徊。

蝶 恋 花　　◎晏殊

　　槛（jiàn）菊愁烟兰泣露，罗幕轻寒，燕子双飞去。明月不谙（ān）离恨苦，斜光到晓穿朱户。

　　昨夜西风凋碧树。独上高楼，望尽天涯路。欲寄彩笺（jiān）兼尺素，山长水阔知何处。

清 平 乐　　◎晏殊

红笺（jiān）小字，说尽平生意。鸿雁在云鱼在水，惆怅此情难寄。

斜阳独倚西楼，遥山恰对帘钩。人面不知何处，绿波依旧东流。

玉 楼 春

春 恨　　　　　　　　◎晏殊

　　绿杨芳草长亭路，年少抛人容易去。楼头残梦五更钟，花底离愁三月雨。

　　无情不似多情苦，一寸还成千万缕。天涯地角有穷时，只有相思无尽处。

踏莎（suō）行 ◎晏殊

小径红稀，芳郊绿遍，高台树色阴阴见（xiàn）。春风不解禁杨花，濛濛乱扑行人面。

翠叶藏莺，朱帘隔燕，炉香静逐游丝转。一场愁梦酒醒时，斜阳却照深深院。

生查子

元 夕　　　　　◎欧阳修

去年元夜时，花市灯如昼。月上柳梢头，人约黄昏后。

今年元夜时，月与灯依旧。不见去年人，泪湿春衫袖。

蝶 恋 花　　◎欧阳修

　　庭院深深深几许。杨柳堆烟，帘幕无重数。玉勒雕鞍游冶（yě）处，楼高不见章台路。

　　雨横（hèng）风狂三月暮。门掩黄昏，无计留春住。泪眼问花花不语，乱红飞过秋千去。

蝶 恋 花　　◎欧阳修

　　谁道闲情抛弃久？每到春来，惆怅还依旧。日日花前常病酒，不辞镜里朱颜瘦。

　　河畔（pàn）青芜（wú）堤上柳。为问新愁，何事年年有？独立小桥风满袖，平林新月人归后。

蝶恋花　◎欧阳修

　　几日行云何处去？忘了归来，不道春将暮。百草千花寒食路，香车系在谁家树？

　　泪眼倚楼频独语。双燕来时，陌上相逢否？撩乱春愁如柳絮，依依梦里无寻处。

浪 淘 沙　◎欧阳修

　　把酒祝东风，且共从容，垂杨紫陌洛城东。总是当时携手处，游遍芳丛。

　　聚散苦匆匆，此恨无穷，今年花胜去年红。可惜明年花更好，知与谁同？

采 桑 子　　◎欧阳修

　　群芳过后西湖好，狼籍残红，飞絮濛濛，垂柳阑干尽日风。

　　笙歌散尽游人去，始觉春空，垂下帘栊，双燕归来细雨中。

采 桑 子　　　◎欧阳修

　　轻舟短棹（zhào）西湖好，绿水
逶迤（wēi yí），芳草长堤，隐隐笙歌
处处随。

　　无风水面琉璃滑，不觉船移，微动
涟漪，惊起沙禽掠岸飞。

踏 莎 行　　◎欧阳修

候馆梅残，溪桥柳细，草薰风暖摇征辔（pèi）。离愁渐远渐无穷，迢迢不断如春水。

寸寸柔肠，盈盈粉泪，楼高莫近危阑倚。平芜（wú）尽处是春山，行人更在春山外。

雨 霖 铃　　◎柳永

寒蝉凄切，对长亭晚，骤雨初歇。都门帐饮无绪，留恋处，兰舟催发。执手相看，泪眼竟无语凝噎（yē）。念去去、千里烟波，暮霭（ǎi）沉沉楚天阔。

多情自古伤离别，更那（nǎ）堪、冷落清秋节！今宵酒醒何处？杨柳岸、晓风残月。此去经年，应是良辰好景虚设。便纵有、千种风情，更与何人说？

凤 栖 梧

◎柳永

伫（zhù）倚危楼风细细，望极春愁，黯黯生天际。草色烟光残照里，无言谁会凭阑意。

拟把疏狂图一醉，对酒当歌，强（qiǎng）乐还无味。衣带渐宽终不悔。为伊消得人憔悴。

采莲令　　◎柳永

月华收，云淡霜天曙。西征客、此时情苦。翠娥执手送临歧，轧轧（yà）开朱户。千娇面、盈盈伫立，无言有泪，断肠争忍回顾。

一叶兰舟，便恁（nèn）急桨凌波去。贪行色、岂知离绪，万般方寸，但饮恨，脉脉同谁语。更回首、重城不见，寒江天外，隐隐两三烟树。

满 江 红　◎柳永

　　暮雨初收，长川静、征帆夜落。临岛屿、蓼（liǎo）烟疏淡，苇风萧索。几许渔人飞短艇，尽载灯火归村落。遣行客、当此念回程，伤漂泊。

　　桐江好，烟漠漠。波似染，山如削。绕严陵滩畔，鹭（lù）飞鱼跃。游宦区区成底事，平生况有云泉约。归去来、一曲仲宣吟，从军乐（yuè）。

玉 蝴 蝶　　◎柳永

　　望处雨收云断，凭阑悄悄（qiǎo），目送秋光。晚景萧疏，堪动宋玉悲凉。水风轻、苹花渐老，月露冷、梧叶飘黄。遣情伤。故人何在，烟水茫茫。

　　难忘，文期酒会，几孤风月，屡变星霜。海阔山遥，未知何处是潇湘。念双燕、难凭远信，指暮天、空识归航。黯相望。断鸿声里，立尽斜阳。

八声甘州

◎柳永

对潇潇暮雨洒江天，一番洗清秋。渐霜风凄紧，关河冷落，残照当楼。是处红衰翠减，苒苒（rǎn）物华休。唯有长江水，无语东流。

不忍登高临远，望故乡渺邈（miǎo），归思难收。叹年来踪迹，何事苦淹留？想佳人、妆楼颙（yóng）望，误几回、天际识归舟。争知我、倚栏杆处，正恁（nèn）凝愁！

迷 神 引　　◎柳永

　　一叶扁舟（piān）轻帆卷，暂泊楚江南岸。孤城暮角，引胡笳（jiā）怨。水茫茫，平沙雁，旋惊散。烟敛寒林簇（cù），画屏展。天际遥山小，黛眉浅。

　　旧赏轻抛，到此成游宦。觉客程劳，年光晚。异乡风物，忍萧索、当愁眼。帝城赊（shē），秦楼阻，旅魂乱。芳草连空阔，残照满。佳人无消息，断云远。

忆帝京　　◎柳永

　　薄衾（qīn）小枕凉天气，乍觉别离滋味。展转数（shǔ）寒更，起了还重睡。毕竟不成眠，一夜长如岁。

　　也拟待、却回征辔（pèi）；又争奈、已成行计。万种思量，多方开解，只恁（nèn）寂寞厌厌（yān）地。系我一生心，负你千行泪。

桂枝香

金陵怀古　　　　　◎王安石

　　登临送目，正故国晚秋，天气初肃。千里澄江似练，翠峰如簇。归帆去棹（zhào）残阳里，背西风，酒旗斜矗（chù）。彩舟云淡，星河鹭起，画图难足。

　　念往昔，繁华竞逐，叹门外楼头，悲恨相续。千古凭高，对此谩嗟（jiē）荣辱。六朝旧事随流水，但寒烟、芳草凝绿。至今商女，时时犹唱后庭遗曲。

千秋岁引

秋 景

◎王安石

　　别馆寒砧（zhēn），孤城画角，一派秋声入寥廓。东归燕从海上去，南来雁向沙头落。楚台风，庾（yǔ）楼月，宛如昨。

　　无奈被些名利缚，无奈被他情担阁，可惜风流总闲却。当初谩留华表语，而今误我秦楼约。梦阑时，酒醒后，思量着（zhe）。

临 江 仙　　◎晏几道

梦后楼台高锁，酒醒帘幕低垂。去年春恨却来时。落花人独立，微雨燕双飞。

记得小苹初见，两重心字罗衣。琵琶弦上说相思。当时明月在，曾照彩云归。

生查子　　◎晏几道

　　关山魂梦长，塞雁音书少。两鬓可怜青，只为相思老。

　　归梦碧纱窗，说与人人道。真个别离难，不似相逢好。

清 平 乐　　◎晏几道

　　留人不住，醉解兰舟去。一棹
（zhào）碧涛春水路，过尽晓莺啼处。

　　渡头杨柳青青，枝枝叶叶离情。此
后锦书休寄，画楼云雨无凭。

木兰花　　◎晏几道

　　秋千院落重帘暮，彩笔闲来题绣户。墙头丹杏雨余花，门外绿杨风后絮。

　　朝云信断知何处？应作襄王春梦去。紫骝（liú）认得旧游踪，嘶（sī）过画桥东畔路。

阮 郎 归　　◎晏几道

天边金掌露成霜，云随雁字长。绿杯红袖趁重阳，人情似故乡。

兰佩紫，菊簪（zān）黄，殷勤理旧狂。欲将沉醉换悲凉，清歌莫断肠！

采桑子　　◎晏几道

　年年此夕东城见，欢意匆匆。明日还重，却在楼台缥缈中。

　垂螺（luó）拂黛清歌女，曾唱相逢。秋月春风，醉枕香衾（qīn）一岁同。

　年年此夕东城见，欢意匆匆。明日还重，却在楼台缥缈中。

　垂螺（luó）拂黛清歌女，曾唱相逢。秋月春风，醉枕香衾（qīn）一岁同。

水调歌头　　◎苏轼

　　明月几时有？把酒问青天。不知天上宫阙（què），今夕是何年。我欲乘风归去，又恐琼（qióng）楼玉宇，高处不胜寒。起舞弄清影，何似在人间？

　　转朱阁，低绮（qǐ）户，照无眠。不应有恨，何事长向别时圆？人有悲欢离合，月有阴晴圆缺，此事古难全。但愿人长久，千里共婵娟（chán juān）。

水调歌头

黄州快哉亭赠张偓佺　◎苏轼

落日绣帘卷，亭下水连空。知君为我新作，窗户湿青红。长记平山堂上，欹（qī）枕江南烟雨，杳杳（yǎo）没（mò）孤鸿。认得醉翁语，山色有无中。

一千顷，都镜净，倒碧峰。忽然浪起，掀舞一叶白头翁。堪笑兰台公子，未解庄生天籁，刚道有雌雄。一点浩然气，千里快哉风。

蝶 恋 花　　　◎苏轼

　　花褪残红青杏小。燕子飞时，绿水人家绕。枝上柳绵吹又少，天涯何处无芳草。

　　墙里秋千墙外道。墙外行人，墙里佳人笑。笑渐不闻声渐悄（qiāo），多情却被无情恼。

水 龙 吟

次韵章质夫杨花词 ◎苏轼

似花还似非花，也无人惜从教坠。抛家傍路，思量却是，无情有思。萦损柔肠，困酣娇眼，欲开还闭。梦随风万里，寻郎去处，又还被、莺呼起。

不恨此花飞尽，恨西园、落红难缀。晓来雨过，遗踪何在？一池萍碎。春色三分，二分尘土，一分流水。细看来，不是杨花，点点是离人泪。

江 城 子

密 州 出 猎 ◎苏轼

老夫聊发少年狂，左牵黄，右擎（qíng）苍，锦帽貂裘（qiú）、千骑（jì）卷平冈。为报倾城随太守，亲射虎，看孙郎。

酒酣（hān）胸胆尚开张，鬓微霜，又何妨！持节云中、何日遣冯唐？会挽雕弓如满月，西北望，射天狼。

江 城 子 　　◎苏轼

十年生死两茫茫，不思量，自难忘。千里孤坟、无处话凄凉。纵使相逢应不识，尘满面，鬓如霜。

夜来幽梦忽还乡，小轩窗，正梳妆。相顾无言、惟有泪千行。料得年年肠断处，明月夜，短松冈。

卜 算 子

黄州定慧院寓居作　　◎苏轼

　　缺月挂疏桐，漏断人初静。谁见幽人独往来，缥缈孤鸿影。

　　惊起却回头，有恨无人省（xǐng）。拣尽寒枝不肯栖，寂寞沙洲冷。

定 风 波　　◎苏轼

　　莫听穿林打叶声，何妨吟啸且徐行。竹杖芒鞋轻胜马，谁怕？一蓑（suō）烟雨任平生。

　　料峭（qiào）春风吹酒醒，微冷，山头斜照却相迎。回首向来萧瑟处，归去，也无风雨也无晴。

念 奴 娇

赤 壁 怀 古

◎苏轼

　　大江东去，浪淘尽、千古风流人物。故垒西边，人道是、三国周郎赤壁。乱石穿空，惊涛拍岸，卷起千堆雪。江山如画，一时多少豪杰。

　　遥想公瑾当年，小乔初嫁了（liǎo），雄姿英发（fā）。羽扇纶（guān）巾，谈笑间、樯橹（qiáng lǔ）灰飞烟灭。故国神游，多情应笑我，早生华发（fà）。人生如梦，一尊还酹（lèi）江月。

鹧 鸪 天　　◎苏轼

林断山明竹隐墙，乱蝉衰草小池塘。翻空白鸟时时见，照水红蕖（qú）细细香。

村舍外，古城旁，杖藜（lí）徐步转斜阳。殷勤昨夜三更雨，又得浮生一日凉。

永 遇 乐 ◎苏轼

明月如霜，好风如水，清景无限。曲港跳鱼，圆荷泻露，寂寞无人见。纮（dǎn）如三鼓，铿（kēng）然一叶，黯黯梦云惊断。夜茫茫，重寻无处，觉来小园行遍。

天涯倦客，山中归路，望断故园心眼。燕子楼空，佳人何在，空锁楼中燕。古今如梦，何曾梦觉，但有旧欢新怨。异时对，黄楼夜景，为余浩叹。

临 江 仙　　　◎苏轼

　　夜饮东坡醒复醉，归来仿佛三更。家童鼻息已雷鸣，敲门都不应，倚杖听江声。

　　长恨此身非我有，何时忘却营营。夜阑风静縠（hú）纹平，小舟从此逝，江海寄余生。

贺 新 郎　　　◎苏轼

乳燕飞华屋，悄（qiǎo）无人、桐阴转午，晚凉新浴。手弄生绡（xiāo）白团扇，扇手一时似玉。渐困倚、孤眠清熟。帘外谁来推绣户？枉教人、梦断瑶台曲。又却是，风敲竹。

石榴半吐红巾蹙（cù），待浮花浪蕊都尽，伴君幽独。秾（nóng）艳一枝细看取，芳心千重似束。又恐被、西风惊绿。若待得君来向此，花前对酒不忍触。共粉泪，两簌簌（sù）。

采 桑 子　　◎苏轼

　　多情多感仍多病，多景楼中。尊酒相逢，乐事回头一笑空。

　　停杯且听琵琶语，细捻（niǎn）轻拢（lǒng）。醉脸春融，斜照江天一抹红。

沁 园 春　　◎苏轼

　　孤馆灯青，野店鸡号（háo），旅枕梦残。渐月华收练，晨霜耿耿，云山撝（chī）锦，朝露溥溥（tuán）。世路无穷，劳生有限，似此区区长鲜（xiǎn）欢。微吟罢，凭征鞍无语，往事千端。

　　当时共客长安，似二陆、初来俱少年。有笔头千字，胸中万卷，致君尧舜，此事何难。用舍由时，行藏（cáng）在我，袖手何妨闲处看。身长健，但优游卒岁，且斗尊前。

水 调 歌 头

◎黄庭坚

瑶草一何碧，春入武陵溪。溪上桃花无数，枝上有黄鹂（lí）。我欲穿花寻路，直入白云深处，浩气展虹霓（ní）。只恐花深里，红露湿人衣。

坐玉石，倚玉枕，拂金徽。谪（zhé）仙何处？无人伴我白螺杯。我为灵芝仙草，不为朱唇丹脸，长啸亦何为？醉舞下山去，明月逐人归。

望 江 东　◎黄庭坚

江水西头隔烟树，望不见、江东路。思量只有梦来去，更不怕、江阑住。

灯前写了书无数，算没个、人传与。直饶寻得雁分付，又还是、秋将暮。

如 梦 令　　　◎秦观

莺嘴啄花红溜，燕尾点波绿皱。

指冷玉笙（shēng）寒，吹彻小梅
春透。

依旧，依旧，人与绿杨俱瘦。

满 庭 芳　　　◎秦观

　　山抹微云，天连衰草，画角声断谯
（qiáo）门。暂停征棹（zhào），聊共
引离尊。多少蓬莱旧事，空回首、烟霭
（ǎi）纷纷。斜阳外，寒鸦数点，流水
绕孤村。

　　销魂，当此际，香囊暗解，罗带轻
分。谩（màn）赢得、青楼薄幸名存。
此去何时见也？襟袖上、空惹啼痕。伤
情处，高城望断，灯火已黄昏。

满 庭 芳　　◎秦观

晓色云开，春随人意，骤雨才过还晴。古台芳榭，飞燕蹴（cù）红英。舞困榆钱自落，秋千外，绿水桥平。东风里，朱门映柳，低按小秦筝。

多情，行乐处，珠钿（diàn）翠盖，玉辔（pèi）红缨。渐酒空金榼（kē），花困蓬瀛（péng yíng）。豆蔻梢头旧恨，十年梦、屈指堪惊。凭阑久，疏烟淡日，寂寞下芜（wú）城。

减字木兰花　　◎秦观

　　天涯旧恨，独自凄凉人不问。欲见回肠，断尽金炉小篆香。

　　黛蛾长敛，任是春风吹不展。困倚危楼，过尽飞鸿字字愁。

鹊 桥 仙 ◎秦观

纤云弄巧，飞星传恨，银汉迢迢暗度。金风玉露一相逢，便胜却人间无数。

柔情似水，佳期如梦，忍顾鹊桥归路。两情若是久长时，又岂在朝朝暮暮。

江城子　◎秦观

西城杨柳弄春柔，动离忧，泪难收。犹记多情、曾为系归舟。碧野朱桥当日事，人不见，水空流。

韶（sháo）华不为少年留，恨悠悠，几时休？飞絮落花时候、一登楼。便作春江都是泪，流不尽，许多愁。

望 海 潮　　◎秦观

梅英疏淡，冰澌（sī）溶泄，东风暗换年华。金谷俊游，铜驼巷陌（mò），新晴细履平沙。长记误随车，正絮翻蝶舞，芳思（sì）交加。柳下桃蹊（xī），乱分春色到人家。

西园夜饮鸣笳（jiā）。有华灯碍月，飞盖妨花。兰苑未空，行人渐老，重来是事堪嗟。烟暝酒旗斜，但倚楼极目，时见栖鸦。无奈归心，暗随流水到天涯。

八 六 子

◎秦观

　　倚危亭，恨如芳草，萋萋刬（chǎn）尽还生。念柳外青骢（cōng）别后，水边红袂（mèi）分时，怆（chuàng）然暗惊。

　　无端天与娉婷（pīng tíng），夜月一帘幽梦，春风十里柔情。怎奈向、欢娱渐随流水，素弦声断，翠绡香减，那（nǎ）堪片片飞花弄晚，蒙蒙残雨笼晴。正销凝，黄鹂又啼数声。

千秋岁　　◎秦观

　　水边沙外，城郭春寒退。花影乱，莺声碎。飘零疏酒盏，离别宽衣带。人不见，碧云暮合空相对。

　　忆昔西池会，鹓(yuān)鹭同飞盖。携手处，今谁在？日边清梦断，镜里朱颜改。春去也，飞红万点愁如海。

点 绛 唇

桃 源　　　　　◎秦观

醉漾轻舟，信流引到花深处。尘缘
相误，无计花间住。

烟水茫茫，千里斜阳暮。山无数，
乱红如雨，不记来时路。

水 龙 吟

次韵林圣予惜春　◎晁（cháo）补之

　　问春何苦匆匆，带风伴雨如驰骤（zhòu）。幽葩（pā）细萼（è），小园低槛（jiàn），壅（yōng）培未就。吹尽繁红，占春长久，不如垂柳。算春长不老，人愁春老，愁只是、人间有。

　　春恨十常八九，忍轻辜、芳醪（láo）经口。那知自是，桃花结子，不因春瘦。世上功名，老来风味，春归时候。纵樽（zūn）前痛饮，狂歌似旧，情难依旧。

洞 仙 歌

泗州中秋作　　　　　◎晁补之

　　青烟幂（mì）处，碧海飞金镜，永夜闲阶卧桂影。露凉时，零乱多少寒螿（jiāng），神京远，惟有蓝桥路近。

　　水晶帘不下，云母屏开，冷浸佳人淡脂粉。待都将许多明，付与金尊，投晓共、流霞倾尽。更携取、胡床上南楼，看玉做人间，素秋千顷。

临 江 仙　　◎晁冲之

忆昔西池池上饮，年年多少欢娱。别来不寄一行书，寻常相见了，犹道不如初。

安稳锦衾（qīn）今夜梦，月明好渡江湖。相思休问定何如，情知春去后，管得落花无？

青 玉 案　　◎贺铸

　　凌波不过横塘路，但目送、芳尘去。锦瑟华年谁与度？月桥花院，琐窗朱户，只有春知处。

　　碧云冉冉蘅皋（héng gāo）暮，彩笔新题断肠句。试问闲愁都几许？一川烟草，满城风絮，梅子黄时雨。

忆秦娥　　◎贺铸

晓朦胧，前溪百鸟啼匆匆。啼匆匆，凌波人去，拜月楼空。

去年今日东门东，鲜妆辉映桃花红。桃花红，吹开吹落，一任东风。

琐 窗 寒　　◎周邦彦

暗柳啼鸦，单衣伫（zhù）立，小帘朱户。桐花半亩，静锁一庭愁雨。洒空阶，夜阑未休，故人剪烛西窗语。似楚江暝（míng）宿，风灯零乱，少年羁旅。

迟暮，嬉游处。正店舍无烟，禁城百五。旗亭唤酒，付与高阳俦（chóu）侣。想东园、桃李自春，小唇秀靥（yè）今在否？到归时，定有残英，待客携尊俎（zǔ）。

风 流 子　◎周邦彦

　　新绿小池塘，风帘动、碎影舞斜阳。羡金屋去来，旧时巢燕。土花缭绕，前度莓墙。绣阁里、凤帏（wéi）深几许？听得理丝簧。欲说又休，虑乖芳信。未歌先咽（yè），愁近清觞（shāng）。

　　遥知新妆了，开朱户，应自待月西厢。最苦梦魂，今宵不到伊行。问甚时说与，佳音密耗。寄将秦镜，偷换韩香。天便教人，霎时厮见何妨！

虞 美 人

◎周邦彦

疏篱曲径田家小，云树开清晓。天寒山色有无中，野外一声钟起、送孤蓬。

添衣策马寻亭堠（hòu），愁抱惟宜酒。菰蒲（gū pú）睡鸭占陂（bēi）塘，纵被行人惊散、又成双。

兰 陵 王

柳

◎周邦彦

柳阴直，烟里丝丝弄碧。隋堤上、曾见几番，拂水飘绵送行色。登临望故国，谁识？京华倦客。长亭路、年去岁来，应折柔条过千尺。

闲寻旧踪迹，又酒趁哀弦，灯照离席，梨花榆火催寒食。愁一箭风快，半篙（gāo）波暖，回头迢（tiáo）递便数驿，望人在天北。

凄恻（cè），恨堆积！渐别浦萦回，津堠（hòu）岑（cén）寂，斜阳冉冉春无极。念月榭携手，露桥闻笛。沉思前事，似梦里，泪暗滴。

满 庭 芳

夏日溧（lì）水无想山作　　◎周邦彦

风老莺雏，雨肥梅子，午阴嘉树清圆。地卑山近，衣润费炉烟。人静乌鸢（yuān）自乐，小桥外、新绿溅溅（jiān）。凭阑久，黄芦苦竹，疑泛九江船。

年年，如社燕，飘流瀚海，来寄修椽（chuán）。且莫思身外，长近尊前。憔悴江南倦客，不堪听、急管繁弦。歌筵（yán）畔，先安簟（diàn）枕，容我醉时眠。

过 秦 楼　　◎周邦彦

水浴清蟾，叶喧凉吹，巷陌马声初断。闲依露井，笑扑流萤，惹破画罗轻扇。人静夜久凭阑，愁不归眠，立残更(gēng)箭。叹年华一瞬，人今千里，梦沉书远。

空见说，鬓怯琼梳，容销金镜，渐懒趁时匀染。梅风地溽(rù)，虹雨苔滋，一架舞红都变。谁信无聊为伊，才减江淹，情伤荀倩。但明河影下，还看稀星数点。

玉 楼 春　　◎周邦彦

桃溪不作从容住，秋藕绝来无续处。当时相候赤阑桥，今日独寻黄叶路。

烟中列岫（xiù）青无数，雁背夕阳红欲暮。人如风后入江云，情似雨余粘（zhān）地絮。

蝶恋花

早 行

◎周邦彦

　　月皎惊乌栖不定。更（gēng）漏将阑，辘轳（lù lú）牵金井。唤起两眸（móu）清炯炯（jiǒng），泪花落枕红绵冷。

　　执手霜风吹鬓影。去意徊徨（huí huáng），别语愁难听。楼上阑干横斗柄，露寒人远鸡相应。

西　河

金陵怀古　　◎周邦彦

佳丽地，南朝盛事谁记？山围故国绕清江，髻鬟（jì huán）对起。怒涛寂寞打孤城，风樯（qiáng）遥度天际。

断崖树，犹倒倚，莫愁艇（tǐng）子曾系？空余旧迹郁苍苍，雾沉半垒。夜深月过女墙来，伤心东望淮水。

酒旗戏鼓甚处市？想依稀、王谢邻里，燕子不知何世，向寻常、巷陌人家，相对如说兴亡，斜阳里。

苏 幕 遮　　　◎周邦彦

燎（liáo）沉香，消溽（rù）暑。鸟雀呼晴，侵晓窥檐语。叶上初阳干宿雨，水面清圆，一一风荷举。

故乡遥，何日去？家住吴门，久作长安旅。五月渔郎相忆否？小楫（jí）轻舟，梦入芙蓉浦（pǔ）。

武 陵 春

春 晚　　　　　　　　　◎李清照

风住尘香花已尽，日晚倦梳头。物是人非事事休，欲语泪先流。

闻说双溪春尚好，也拟泛轻舟。只恐双溪舴艋（zé měng）舟，载不动许多愁。

醉 花 阴　　◎李清照

　　薄雾浓云愁永昼，瑞脑销金兽。佳节又重阳，玉枕纱厨，半夜凉初透。

　　东篱把酒黄昏后，有暗香盈袖。莫道不销魂，帘卷西风，人比黄花瘦。

一 剪 梅　◎李清照

　　红藕香残玉簟（diàn）秋。轻解罗裳，独上兰舟。云中谁寄锦书来？雁字回时，月满西楼。

　　花自飘零水自流。一种相思，两处闲愁。此情无计可消除，才下眉头，却上心头。

蝶 恋 花　　　◎李清照

　　暖雨晴风初破冻。柳眼梅腮，已觉春心动。酒意诗情谁与共？泪融残粉花钿（diàn）重。

　　乍试夹衫金缕（lǚ）缝。山枕斜欹（qī），枕损钗头凤。独抱浓愁无好梦，夜阑犹剪灯花弄。

如 梦 令　　◎李清照

　　昨夜雨疏风骤，浓睡不消残酒。试问卷帘人，却道海棠依旧。知否？知否？应是绿肥红瘦。

渔 家 傲　　◎李清照

天接云涛连晓雾，星河欲转千帆舞。仿佛梦魂归帝所。闻天语，殷勤问我归何处。

我报路长嗟（jiē）日暮，学诗谩（màn）有惊人句。九万里风鹏正举。风休住，蓬舟吹取三山去！

声 声 慢　　◎李清照

　　寻寻觅觅，冷冷清清，凄凄惨惨戚戚。乍暖还寒时候，最难将息。三杯两盏淡酒，怎敌他、晚来风急？雁过也，正伤心，却是旧时相识。

　　满地黄花堆积，憔悴损，如今有谁堪摘？守着窗儿，独自怎生得黑？梧桐更兼细雨，到黄昏、点点滴滴。这次第，怎一个愁字了得！

念 奴 娇

春 情 ◎李清照

　　萧条庭院，又斜风细雨，重门须闭。宠柳娇花寒食近，种种恼人天气。险韵诗成，扶头酒醒，别是闲滋味。征鸿过尽，万千心事难寄。

　　楼上几日春寒，帘垂四面，玉阑干慵倚。被冷香消新梦觉，不许愁人不起。清露晨流，新桐初引，多少游春意。日高烟敛，更看今日晴未。

满 庭 芳　　◎李清照

　　小阁藏春，闲窗锁昼，画堂无限深幽。篆(zhuàn)香烧尽，日影下帘钩。手种江梅渐好，又何必、临水登楼。无人到，寂寥(liáo)浑似，何逊在扬州。

　　从来，知韵胜，难堪雨藉，不耐风揉。更谁家横笛，吹动浓愁。莫恨香消雪减，须信道、扫迹情留。难言处、良宵淡月，疏影尚风流。

凤凰台上忆吹箫 ◎李清照

香冷金猊（ní），被翻红浪，起来慵自梳头。任宝奁（lián）尘满，日上帘钩。生怕离怀别苦，多少事、欲说还休。新来瘦，非干病酒，不是悲秋。

休休，这回去也，千万遍《阳关》，也则难留。念武陵人远，烟锁秦楼。惟有楼前流水，应念我、终日凝眸（móu）。凝眸处，从今又添，一段新愁。

清 平 乐 　　◎李清照

年年雪里，常插梅花醉。挼（ruó）尽梅花无好意，赢得满衣清泪。

今年海角天涯，萧萧两鬓生华。看取晚来风势，故应难看梅花。

永 遇 乐　　　　◎李清照

落日镕金，暮云合璧，人在何处？染柳烟浓，吹梅笛怨，春意知几许。元宵佳节，融和天气，次第岂无风雨？来相召、香车宝马，谢他酒朋诗侣。

中州盛日，闺门多暇，记得偏重三五。铺翠冠儿，捻（niǎn）金雪柳，簇带争济（jǐ）楚。如今憔悴，风鬟（huán）霜鬓，怕见夜间出去。不如向、帘儿底下，听人笑语。

满 江 红　　◎岳飞

怒发冲冠，凭阑处、潇潇雨歇。抬望眼，仰天长啸，壮怀激烈。三十功名尘与土，八千里路云和月。莫等闲、白了少年头，空悲切！

靖康耻，犹未雪。臣子恨，何时灭？驾长车、踏破贺兰山缺。壮志饥餐胡虏（lǔ）肉，笑谈渴饮匈奴血。待从头、收拾旧山河，朝天阙。

鹧鸪天　　◎陆游

家住苍烟落照间，丝毫尘事不相关。斟残玉瀣(xiè)行穿竹，卷罢《黄庭》卧看山。

贪啸傲，任衰残，不妨随处一开颜。元知造物心肠别，老却英雄似等闲！

卜 算 子

咏 梅 　　　　　◎陆游

驿外断桥边，寂寞开无主。已是黄昏独自愁，更著（zhuó）风和雨。

无意苦争春，一任群芳妒。零落成泥碾（niǎn）作尘，只有香如故。

钗 头 凤　　◎陆游

　　红酥手，黄滕（téng）酒，满城春色宫墙柳。东风恶，欢情薄。一怀愁绪，几年离索。错、错、错。

　　春如旧，人空瘦，泪痕红浥（yì）鲛绡（jiāo xiāo）透。桃花落，闲池阁。山盟虽在，锦书难托。莫、莫、莫！

临 江 仙

离 果 州 作　　◎陆游

　　鸠（jiū）雨催成新绿，燕泥收尽残红。春光还与美人同。论心空眷眷（juàn），分袂（mèi）却匆匆。

　　只道真情易写，那（nǎ）知怨句难工。水流云散各西东。半廊花院月，一帽柳桥风。

鹊 桥 仙　　◎陆游

　　一竿风月，一蓑（suō）烟雨，家
在钓台西住。卖鱼生怕近城门，况肯到
红尘深处？

　　潮生理棹(zhào)，潮平系缆(lǎn)，
潮落浩歌归去。时人错把比严光，我自
是无名渔父。

水调歌头

多景楼　　　　◎陆游

　　江左占形胜，最数古徐州。连山如画，佳处缥缈著危楼。鼓角临风悲壮，烽火连空明灭，往事忆孙刘。千里曜（yào）戈甲，万灶宿貔貅（pí xiū）。

　　露沾草，风落木，岁方秋。使君宏放，谈笑洗尽古今愁。不见襄阳登览，磨灭游人无数，遗恨黯难收。叔子独千载，名与汉江流。

霜天晓角　　◎范成大

　　晚晴风歇，一夜春威折。脉脉（mò）花疏天淡，云来去，数枝雪。

　　胜绝，愁亦绝，此情谁共说？唯有两行低雁，知人倚（yǐ）、画楼月。

鹧 鸪 天　　◎范成大

嫩绿重重看得成，曲阑幽槛（jiàn）小红英。酴醾（tú mí）架上蜂儿闹，杨柳行间燕子轻。

春婉娩（wǎn wǎn），客飘零，残花残酒片时清。一杯且买明朝事，送了斜阳月又生。

清 平 乐

村 居 ◎辛弃疾

茅檐低小，溪上青青草。醉里吴音相媚好，白发谁家翁媪（ǎo）？

大儿锄豆溪东，中儿正织鸡笼。最喜小儿亡（wú）赖，溪头卧剥莲蓬。

破 阵 子

为陈同甫赋壮词以寄之　◎辛弃疾

醉里挑灯看剑，梦回吹角连营。八百里分麾（huī）下炙（zhì），五十弦翻塞外声。沙场秋点兵。

马作的（dì）卢飞快，弓如霹雳弦惊。了却君王天下事，赢得生前身后名。可怜白发生！

西 江 月

夜行黄沙道中　　　　◎辛弃疾

明月别枝惊鹊，清风半夜鸣蝉。稻花香里说丰年，听取蛙声一片。

七八个星天外，两三点雨山前。旧时茅店社林边，路转溪桥忽见（xiàn）。

丑奴儿

书博山道中壁 ◎辛弃疾

少年不识愁滋味，爱上层楼。爱上层楼，为赋新词强（qiǎng）说愁。

而今识尽愁滋味，欲说还（huán）休。欲说还休，却道天凉好个秋。

贺 新 郎

别茂嘉十二弟 ◎辛弃疾

　　绿树听鹈鴂（tí jué），更那堪、鹧鸪（zhè gū）声住，杜鹃声切。啼到春归无寻处，苦恨芳菲都（dōu）歇。算未抵、人间离别。马上琵琶关塞黑。更长门、翠辇（niǎn）辞金阙（què）。看燕燕，送归妾。

　　将军百战身名裂。向河梁、回头万里，故人长绝。易水萧萧西风冷，满座衣冠似雪。正壮士、悲歌未彻。啼鸟还知如许恨，料不啼、清泪长啼血。谁共我，醉明月？

贺 新 郎

赋 琵 琶　　　　　　　　◎辛弃疾

凤尾龙香拨，自开元霓裳曲罢，几番风月？最苦浔阳江头客，画舸（gě）亭亭待发。记出塞、黄云堆雪。马上离愁三万里，望昭阳宫殿孤鸿没（mò）。弦解语，恨难说。

辽阳驿使音尘绝，琐窗寒、轻拢慢捻，泪珠盈睫。推手含情还却手，一抹梁州哀彻。千古事、云飞烟灭。贺老定场无消息，想沉香亭北繁华歇，弹到此，为呜咽。

念奴娇

书东流村壁　　　　　◎辛弃疾

野棠花落，又匆匆过了，清明时节。划（chǎn）地东风欺客梦，一枕云屏寒怯。曲岸持觞（shāng），垂杨系（xì）马，此地曾经别。楼空人去，旧游飞燕能说。

闻道绮陌东头，行人曾见，帘底纤纤月。旧恨春江流不断，新恨云山千叠。料得明朝，尊前重见，镜里花难折。也应惊问：近来多少华发？

汉 宫 春

立 春　　　　　　　◎辛弃疾

春已归来，看美人头上，袅袅春幡（fān）。无端风雨，未肯收尽余寒。年时燕子，料今宵梦到西园。浑未办、黄柑荐酒，更传青韭堆盘？

却笑东风，从此便薰梅染柳，更没些闲。闲时又来镜里，转变朱颜。清愁不断，问何人会解连环？生怕见花开花落，朝来塞雁先还。

摸鱼儿　　　◎辛弃疾

更能消、几番风雨，匆匆春又归去。惜春长怕花开早，何况落红无数。春且住，见说道、天涯芳草无归路。怨春不语。算只有殷勤、画檐蛛网，尽日惹飞絮。

长门事，准拟佳期又误，蛾眉曾有人妒。千金纵买相如赋，脉脉此情谁诉？君莫舞。君不见、玉环飞燕皆尘土。闲愁最苦！休去倚危栏，斜阳正在，烟柳断肠处。

水 龙 吟

登建康赏心亭　　◎辛弃疾

　　楚天千里清秋，水随天去秋无际。遥岑（cén）远目，献愁供恨，玉簪（zān）螺髻（jì）。落日楼头，断鸿声里，江南游子。把吴钩看了，栏杆拍遍，无人会、登临意。

　　休说鲈鱼堪脍（kuài），尽西风，季鹰归未？求田问舍，怕应羞见，刘郎才气。可惜流年，忧愁风雨，树犹如此！倩（qìng）何人唤取，红巾翠袖，揾（wèn）英雄泪！

永 遇 乐

京口北固亭怀古　　◎辛弃疾

千古江山，英雄无觅，孙仲谋处。舞榭（xiè）歌台，风流总被、雨打风吹去。斜阳草树，寻常巷陌，人道寄奴曾住。想当年，金戈铁马，气吞万里如虎。

元嘉草草，封狼居胥（xū），赢得仓皇北顾。四十三年，望中犹记，烽火扬州路。可堪回首，佛狸（bì lí）祠下，一片神鸦社鼓。凭谁问：廉颇老矣，尚能饭否？

青玉案

元 夕 ◎辛弃疾

东风夜放花千树，更吹落、星如雨。宝马雕车香满路。凤箫声动，玉壶光转，一夜鱼龙舞。

蛾儿雪柳黄金缕，笑语盈盈暗香去。众里寻他千百度，蓦（mò）然回首，那人却在，灯火阑珊处。

鹧鸪天

鹅湖归病起作　　　◎辛弃疾

枕簟（diàn）溪堂冷欲秋，断云依水晚来收。红莲相倚浑如醉，白鸟无言定自愁。

书咄咄（duō），且休休。一丘一壑也风流。不知筋力衰多少，但觉新来懒上楼。

菩 萨 蛮

书江西造口壁　　　　◎辛弃疾

郁孤台下清江水，中间多少行人泪。西北望长安，可怜无数山。

青山遮不住，毕竟东流去。江晚正愁余，山深闻鹧鸪（zhè gū）。

八声甘州 ◎辛弃疾

故将军饮罢夜归来，长亭解雕鞍。恨灞（bà）陵醉尉，匆匆未识，桃李无言。射虎山横一骑（jì），裂石响惊弦。落魄封侯事，岁晚田园。

谁向桑麻杜曲，要短衣匹马，移住南山？看风流慷慨，谈笑过残年。汉开边、功名万里，甚当时、健者也曾闲。纱窗外、斜风细雨，一阵轻寒。

点 绛 唇　　◎姜夔

燕雁无心，太湖西畔随云去。数峰清苦，商略黄昏雨。

第四桥边，拟共天随住。今何许？凭阑怀古，残柳参差（cēn cī）舞。

踏 莎 行　　　◎姜夔

　　燕燕轻盈，莺莺娇软，分明又向华
胥见。夜长争得薄情知？春初早被相
思染。

　　别后书辞，别时针线，离魂暗逐郎
行远。淮南皓月冷千山，冥冥归去无
人管。

疏　影　　◎姜夔

　　苔枝缀玉，有翠禽小小，枝上同宿。客里相逢，篱角黄昏，无言自倚修竹。昭君不惯胡沙远，但暗忆、江南江北。想佩环、月夜归来，化作此花幽独。

　　犹记深宫旧事，那人正睡里，飞近蛾绿。莫似春风，不管盈盈，早与安排金屋。还教一片随波去，又却怨、玉龙哀曲。等恁（nèn）时、重觅幽香，已入小窗横幅。

满 江 红　　◎姜夔

　　仙姥（mǔ）来时，正一望、千顷翠澜。旌（jīng）旗共、乱云俱下，依约前山。命驾群龙金作轭（è），相从诸娣（dì）玉为冠。向夜深、风定悄无人，闻佩环。

　　神奇处，君试看。奠淮右，阻江南。遣六丁雷电，别守东关。却笑英雄无好手，一篙（gāo）春水走曹瞒。又怎知、人在小红楼，帘影间。

扬 州 慢　　◎姜夔

　　淮左名都，竹西佳处，解（jiě）鞍少驻初程。过春风十里，尽荠（jì）麦青青。自胡马窥江去后，废池乔木，犹厌言兵。渐黄昏，清角吹寒，都在空城。

　　杜郎俊赏，算而今、重到须惊。纵豆蔻词工，青楼梦好，难赋深情。二十四桥仍在，波心荡、冷月无声。念桥边红药，年年知为谁生？

暗　香　　　　◎姜夔

旧时月色，算几番照我，梅边吹笛？唤起玉人，不管清寒与攀摘。何逊而今渐老，都忘却、春风词笔。但怪得、竹外疏花，香冷入瑶席。

江国，正寂寂，叹寄与路遥，夜雪初积。翠尊易泣，红萼（è）无言耿相忆。长记曾携手处，千树压、西湖寒碧。又片片、吹尽也，几时见得？

贺 新 郎

九 日   ◎刘克庄

　　湛湛（zhàn）长空黑，更那（nǎ）
堪、斜风细雨，乱愁如织。老眼平生空
四海，赖有高楼百尺。看浩荡、千崖秋
色。白发书生神州泪，尽凄凉、不向牛
山滴。追往事，去无迹。

　　少年自负凌云笔，到而今、春华落
尽，满怀萧瑟。常恨世人新意少，爱说
南朝狂客，把破帽年年拈（niān）出。
若对黄花孤负酒，怕黄花、也笑人岑
（cén）寂。鸿北去，日西匿。

卜算子　　◎刘克庄

片片蝶衣轻，点点猩红小。道是天公不惜花，百种千般巧。

朝见树头繁，暮见枝头少。道是天公果惜花，雨洗风吹了。

沁 园 春

梦 孚 若

◎刘克庄

何处相逢？登宝钗楼，访铜雀台。唤厨人斫（zhuó）就，东溟（míng）鲸脍（kuài）；围（yǔ）人呈罢，西极龙媒。天下英雄，使君与操，余子谁堪共酒杯？车千乘（shèng），载燕（yān）南赵北，剑客奇才。

饮酣画鼓如雷，谁信被晨鸡轻唤回。叹年光过尽，功名未立；书生老去，机会方来。使李将军，遇高皇帝，万户侯何足道哉！披衣起，但凄凉感旧，慷慨生哀。

沁园春

答九华叶贤良

◎刘克庄

一卷《阴符》，二石硬弓，百斤宝刀。更玉花骢（cōng）喷，鸣鞭电抹；乌丝阑展，醉墨龙跳。牛角书生，虬（qiú）须豪客，谈笑皆堪折简招。依稀记，曾请缨系粤，草檄（xí）征辽。

当年目视云霄，谁信道、凄凉今折腰。怅（chàng）燕（yān）然未勒，南归草草；长安不见，北望迢迢。老去胸中，有些磊块，歌罢犹须著酒浇。休休也，但帽边鬓改，镜里颜凋。

夜合花　　◎吴文英

柳暝（míng）河桥，莺晴台苑，短策频惹春香。当时夜泊，温柔便入深乡。词韵窄，酒杯长，剪蜡花、壶箭催忙。共追游处，凌波翠陌，连棹（zhào）横塘。

十年一梦凄凉，似西湖燕去，吴馆巢荒。重来万感，依前唤酒银罂（yīng）。溪雨急，岸花狂，趁残鸦、飞过苍茫。故人楼上，凭谁指与，芳草斜阳？

高 阳 台

落 梅　　　　　◎吴文英

　　宫粉雕痕，仙云堕影，无人野水荒湾。古石埋香，金沙锁骨连环。南楼不恨吹横笛，恨晓风、千里关山。半飘零，庭上黄昏，月冷阑干。

　　寿阳空理愁鸾（luán）。问谁调玉髓，暗补香瘢（bān）？细雨归鸿，孤山无限春寒。离魂难倩（qìng）招清些，梦缟（gǎo）衣、解佩溪边。最愁人，啼鸟晴明，叶底青圆。

点 绛 唇

试灯夜初晴 ◎吴文英

卷尽愁云，素娥临夜新梳洗。暗尘不起，酥润凌波地。

辇（niǎn）路重来，仿佛灯前事。情如水。小楼熏被，春梦笙歌里。

望 江 南　　　◎吴文英

　　三月暮，花落更情浓。人去秋千闲挂月，马停杨柳倦嘶风，堤畔画船空。

　　恹恹(yān)醉，尽日小帘栊(lóng)。宿燕夜归银烛外，流莺声在绿阴中，无处觅残红。

八声甘州

灵岩陪庾（yǔ）幕诸公游　　◎吴文英

渺空烟四远，是何年、青天坠长星？幻苍崖云树，名娃金屋，残霸宫城。箭径酸风射眼，腻水染花腥。时靸（sǎ）双鸳响，廊叶秋声。

宫里吴王沉醉，倩（qìng）五湖倦客，独钓醒醒。问苍波无语，华发奈山青。水涵空、阑干高处，送乱鸦、斜日落渔汀（tīng）。连呼酒、上琴台去，秋与云平。

鹧鸪天

化度寺作　　　　　　◎吴文英

　　池上红衣伴倚阑，栖鸦常带夕阳还。殷云度雨疏桐落，明月生凉宝扇闲。

　　乡梦窄，水天宽，小窗愁黛淡秋山。吴鸿好为传归信，杨柳闾（chāng）门屋数间。

一剪梅

舟过吴江　　　　　◎蒋捷

一片春愁待酒浇，江上舟摇，楼上帘招。秋娘渡与泰娘桥，风又飘飘，雨又萧萧。

何日归家洗客袍？银字笙调（tiáo），心字香烧。流光容易把人抛，红了樱桃，绿了芭蕉。

虞美人

听雨　　　　　　◎蒋捷

少年听雨歌楼上，红烛昏罗帐。壮年听雨客舟中，江阔云低、断雁叫西风。

而今听雨僧庐下，鬓已星星也。悲欢离合总无情，一任阶前点滴到天明。

高 阳 台

西 湖 春 感　　◎张炎

　　接叶巢莺，平波卷絮，断桥斜日归船。能几番游？看花又是明年。东风且伴蔷薇住，到蔷薇、春已堪怜。更凄然，万绿西泠 (líng)，一抹荒烟。

　　当年燕子知何处？但苔深韦曲 (qǔ)，草暗斜川。见说新愁，如今也到鸥边。无心再续笙歌梦，掩重门、浅醉闲眠。莫开帘，怕见飞花，怕听啼鹃。

八声甘州

◎张炎

　　记玉关、踏雪事清游，寒气脆貂裘
(qiú)。傍枯林古道，长河饮马，此意
悠悠。短梦依然江表，老泪洒西州。一
字无题处，落叶都愁。

　　载取白云归去，问谁留楚佩，弄影
中洲？折芦花赠远，零落一身秋。向寻
常、野桥流水，待招来、不是旧沙鸥。
空怀感，有斜阳处，却怕登楼。

责任编辑：钟金铃　王若曦

图书在版编目（CIP）数据

宋词选 / 罗安宪 主编 . —北京：人民出版社，2017.7（2023.3 重印）
（中华传统经典诵读文本）
ISBN 978－7－01－017757－1

I. ①宋… 　II. ①罗… 　III. ①宋词－选集　IV. ① I222.844

中国版本图书馆 CIP 数据核字（2017）第 124525 号

宋 词 选
SONGCI XUAN

罗安宪　主编

人民出版社 出版发行
（100706　北京市东城区隆福寺街 99 号）

北京汇林印务有限公司印刷　新华书店经销

2017 年 7 月第 1 版　2023 年 3 月北京第 2 次印刷
开本：710 毫米 ×1000 毫米 1/16　印张：9.25
字数：29 千字　印数：20,001-24,000 册

ISBN 978－7－01－017757－1　定价：37.00 元

邮购地址 100706　北京市东城区隆福寺街 99 号
人民东方图书销售中心　电话：(010) 65250042　65289539